구두를 벗다

구두를 벗다

2019년 12월 13일 1판 1쇄 인쇄
2019년 12월 20일 1판 1쇄 발행

지은이   전병석
펴낸이   한기호
책임편집   도은숙 염경원
편집   정안나 유태선 김미향 박소진
디자인   스튜디오 프랙탈
경영지원   국순근

펴낸곳   어른의시간
출판등록   2014년 12월 11일 제2014-000331호
주소   04029 서울시 마포구 동교로 12안길 14 삼성빌딩 A동 2층
전화   02-336-5675
팩스   02-337-5347
이메일   kpm@kpm21.co.kr
홈페이지   www.kpm21.co.kr

ISBN   979-11-87438-17-5 03810

어른의시간 시인선 03

구두를 벗다

전병석 지음

어른의시간

그런 시절, 그런 사람이 있었다.
땡볕에 걸어도 즐겁고
그늘에 걸어도 즐거웠다.
소나기에 젖어도 즐겁고
폭설에 갇혀도 즐거웠다.

그런 시절, 그런 사람이 있었다.
꽃을 꺾어도 즐겁고
꽃으로 맞아도 즐거웠다.
혼자여도 즐겁고
여럿이어서 더 즐거웠다.

그런 시절, 그런 사람이 있었다.
책을 잡혀 술을 먹어 즐겁고
TV를 팔아 책을 사서 즐거웠다.
사상이 있어 즐겁고
사상이 없어 즐거웠다.

그런 시절, 그런 사람이 그립다.

두 번째 시집을 흔쾌하게 발간해 주신 어른의시간 관계자 모두에게 진심으로 감사드립니다. "청년들은 환상을 보고 아비들은 꿈을 꾸리라"는 말씀처럼 세 번째 시집을 행복하게 꿈꾸며…….

차례

1부

버스를 기다리다

2부

구두를 벗다

3부

하나님도 외롭다

1부

버스를 기다리다

조준찬 내과

동구 밖을 지키는
느티나무 같은
조준찬 내과에는
오래된 간호사 선생님이 있다
더 오래된 원장님이 있다
진찰이 끝나면
"엉터리로 살래"
주사가 따끔하다
약솜으로 엉덩이 문지르며
"병원에 오지 마라"
"복되게 살아라"
원장님이 조용히 웃으신다
사르르 달밤에 피어나는
달맞이꽃처럼

징검다리

얕은 냇가에서
그대가 흔들리지 않게
등허리 깊숙이 숙인다
한 번도 서로를 볼 수 없는
꽃무릇처럼
등에 올려지는 발자국으로
그대를 상상한다
세상은 녹록지 않아
큰물에 휩쓸려 운명처럼
떠내려가는 날이 오더라도
그대를 기다리는 설렘으로
두 다리 종종 걷고
그대를 건네는 기쁨으로
등허리 깊숙이 숙인다

무
한
상
상

지하철에서
오랜만에 웃었다
"임산부 먼저 배려하는 당신이 아름답습니
다"
핑크빛 자리에
배가 볼록한 아저씨가 앉았다
무수히 따가운 시선
스마트폰 몰입으로 승화하는
내공은 계룡산 도인 같다
헛생각을 잘하는 나는
아저씨의 임신을 무한 상상하다
내릴 역을 지나쳤다
지하철에서
오랜만에 웃었다

밀
어
내
기

중

화장실에서
밀어내기 중이다
과장님이 전화를 했다
망설이다 받는다
"어디 있어요"
"앞 사무실에 있습니다"
"잠깐 오실래요"
밀어내기는 절정이라
중단할 수 없고
뱉은 말이라
당장 가지 않을 수도 없다
휴대폰으로는 알 수 없는
무수한 거짓 세상
내 사정을 모르는
밀어내기는 느긋하다

진
미
식
당

이천동 헌 옷처럼 낡은 골목길
십여 명이면 꽉 차는 진미식당
식탁 의자는 삐뚤어도
간판은 주인처럼 반듯하다
엄마와 딸이
힘겹게 꾸려 가는 골목 식당
집밥처럼 먹고
밥값은 오천 원이다
고맙고 미안하여
카드 대신 현금이다
이천동 미군 부대 건너편에
진미식당
들꽃처럼 남았다

훈
수
꾼

바람 없는 신천 둔치에

할매들은 정자에서 고스톱

할배들은 벤치에서 장기판

인생도처 유상수人生到處 有上手라

훈수꾼의 눈이 깊다

결정적 실수를 봐도

훈수꾼은 미동도 않는다

훈수꾼이 전사가 아니듯

늙은 전사도 전사가 아니다

그래도 참전해야 하는

신천 둔치 마지막 전쟁터

외통수에 당하기 직전인데

장將을 받으면

기꺼이 목숨을 거는 졸卒은 언감생심

훈수꾼처럼 자식은

미동도 않는다

김광석 거리

방천시장 김광석 거리에
두더지 가족이 살고 있다
가족이 뿔뿔이 흩어지는 시대에
비좁지만 한집에 사는 옥탑방 행복
문화의 거리에 사는 자부심이 있다

누군가 오백 원을 투입하면
정신없이 머리를 내민다
뿅망치는 인정사정이 없다
한 사람이 쉬면 다른 가족이 맞는다
쉬지 않고 머리를 먼저 내민다
머리가 거의 빠개질 때
오백 원의 노동은 끝나지만
때려 줄 사람을 간절히 기다린다

음악이 흐르는 김광석 거리에
두더지 같은 사람에게 맞으며

오백 원에 목숨을 걸어야 하는

두더지 가족이 살고 있다

버스를 기다리다

늦은 버스를 기다리는
육십을 기다리는 내 앞에
청춘의 남녀가 키스를 한다
마음으로는 피하는데
눈길이 자꾸 간다
내 자식도 이럴까 생각하다
참 부럽다 이리도 생각한다
청춘의 사랑을 위하여
버스가 오면 좋겠다
여름에 내리는 눈처럼

치
통

이가 아프다

윗니 중 하나가

안으로 무너지고 있다

치료할 처지가 아니라

무조건 참는다

뽑아 내던져 버리고 싶다

뽑는 게 능사가 아니라니

잘 다독여서

같이 살아가야 한다

하나로 모두가 고통스러워도

그 하나가 모두만큼 소중하다는

어떤 고매한 말씀

간절하게 배신하고 싶다

이가 아플 때마다

풍경 소실

눈 밝은 참새들
하나, 둘 즐겁게
볏물을 쪽 빤다
우쭐우쭐 허수아비
땅땅땅 양철통 아들
일렁일렁 금색 줄
훠이훠이 아버지
눈 밝은 참새들
하나, 둘 즐겁게
아버지 속을 쪽 빤다
가을 들판은
쫓는 자도
쫓기는 자도 행복하다

응급실에서

인생이 가을 들풀처럼
마를 때가 온다
그때에도
봄처럼 환하게 맞이하려면
봄꽃처럼 살아야 한다
내일로 미루면
또 오늘처럼 응급실이다
아무리 좋은 응급실이라도
시든 꽃을 다시 피우지 못한다
인생이 가을 들풀처럼
마를 때가 온다

총량 불변

영식이 아버지 초상에 갔다
밤늦게 돌아오신
아버지가 말씀하셨다
술은 좋은 음식이다
조금씩 나눠 먹어라
젊어서 너무 마셔
나이 들어 이빨 빠진 개처럼
멍하게 구경만 하고 있는
친구들 보면 참 안됐다
죽은 영식이 아버지보다 불쌍하다
술은 좋은 음식이다
조금씩 먹어라
평생 먹을 수 있게
세상에 어디 술만 그럴까

부음소식

한 선생 어머니의

비 내리는 아침
부음이 날아들었다
너무 가볍게 카톡으로
그렇더라도
죽음마저 가벼울 수는 없다
아내는 금세 눈이 부었다
오래 병석에 있었으니
오히려 잘되었을 수도
내뱉고 보니
차마 할 수 없는 말이었다
슬프지 않은 죽음이 어디 있을까
죽죽 흘러내리는 비처럼
슬픔은 어디에도 고이지 않고
어서 흘러 바다에 닿기를

마
지
막
꽃

봄이 아직 한창일 때

일찍 떨어진다

슬퍼하지 마라

다 떨어지고

혼자 남으면

얼마나 끔찍한가

꽃이 진 자리마다

푸릇푸릇 돋아난

잎들이 아무리 많다 해도

꽃에 비길까

피고 지는 순서는

운명이라 해도

마지막에 떨어지는 것은

정말 싫어라

벚
꽃
배
경

벚꽃을 배경으로
서너 아줌마가 사진을 찍는다
한껏 포즈를 취해도
꽃보다 예쁠 수 없는데
깔깔 웃어도
꽃보다 환할 수 없는데
무엇을 남기고 싶은가
바람에 쉬이
떨어지는 꽃을 보면서

무
이
구
곡

4월 봄비에
무이산은 한 뼘 더 높푸르다
나는 무슨 복을 많이 지어
여기 무이구곡을 흐르나
동동동 흘러가지 않고
흔들흔들 바람에 실려
아홉 구비를 돌아가니 복은
넘쳐 여울이 되는 거다
주자朱子 선생은 몰라도
선인들이 품었던 꿈
죽벌竹筏에 싣고
한 걸음 한 걸음
천유봉, 옥류봉을 돌아
무이구곡 흐른다

계
화

올림픽 왕관 월계수
나뭇잎에 가려
꽃이 보이지 않는다
향기를 붙잡아
가만히 들여다보니
새끼손톱보다 작은 꽃들이
주둥이 노란 새끼 제비마냥
얼굴 맞대고
나뭇잎 속에 숨어 있다
아담과 이브처럼
몸을 숨긴다 가려지나
백이와 숙제처럼
향기를 숨겨야지

요구르트를 빨다가

점심 식사 후 디저트로 나온
요구르트에 빨대를 꽂았다
입술에 힘을 주고 빨았다
입안에 머물 틈도 없이
목구멍을 훅 넘어갔다
금방 쪽쪽 헛바람 소리가 난다
문득 깨닫는다 요구르트를 빨다가
당신 마른 가슴에 빨대를 꽂고
바닥에서 소리가 날 때까지 쪽쪽
빨았던 나는 미련곰탱이였다
회한은 쓰나미 같다

고양이 쥐 생각

날이 너무 뜨거워
누구도 선풍기 앞을 떠나지 못한다
얼음 장수는 대목이라 쉴 수 없다손 쳐도
선풍기는 무슨 천형으로 돌고 돌아
제 몸이 달아올라도 쉬지를 못하는가
가상하게 이런 철학이 불쑥 올라와
가끔씩 하는 착한 생각까지 마침 올라와
손부채 들고나와
선풍기에게 부채질을 한다
땀을 뻘뻘 흘리며 부채질을 한다

70대 노인의 사연

20년 간호하던 아내의 목을 조른

벼를 키우고 벼를 베어야 하는 아버지의 최선은 낫을 최고로 벼리어 검객처럼 단칼에 벼의 아랫도리를 치는 것이다 자신을 가장 사랑한 아버지의 낫을 받는 벼의 최선은 원망 없이 쓰러지는 것이다 쓰러져 한 톨 남김없이 탈탈 털리는 것이다 예수를 십자가에 매달아야 하는 병사의 최선은 예리한 못으로 역사力士처럼 단박에 박는 것이다 당신이 구원할 병사에게 십자가에 못 박히는 예수의 최선은 그의 죄를 묻지 않는 것이다 아버지의 뜻대로 고통 가운데 십자가에 달려 피를 흘리는 것이다 피할 수 없는 상황이 있다 그것을 비극이라 한다 그것을 죄라 한다 그것을 구원이라 부르기도 한다

맹인 거지 부부

퇴근 무렵 병목길
달리고 싶어 환장해도
멈추어 기다려야 한다
그래서 이곳이
어떤 사람에게는 생업터가 된다
서로의 손에 의지한 맹인 거지 부부
호주머니를 뒤지니 만 원권밖에 없다
슬그머니 먼 곳을 본다
햇볕이 따갑다
어떤 다음 날
다시 맹인 거지 부부를 만났다
전날의 부끄러움을 자신 있게 갚는다
천 원을 힘 있게 넣었다
서서히 움직이는 차들을 따라
속도를 높여 가는데
저 앞 떨어져 걸어가는 본 듯한 사람
속였구나, 속았구나

딸랑 천 원을 넣고
만 원어치 화를 내었다
어떤 다음 날
다시 맹인 거지 부부를 만났다
호주머니를 뒤지지 않았다
멈춰 있는 차처럼
마음이 움직이지 않았다
마음이 편하지도 않았다
서서히 움직이는 차들을 따라
저 앞 떨어져 걸어가는 본 듯한 사람
나인 듯 나 아닌 듯

| 돌
남
한
산
성

돌이 돌 위에 앉아

돌 밑에 깔려 있다

돌 하나에 목숨 하나

목숨이 목숨 위에 앉아

목숨 밑에 깔려 있다

목숨마다 피눈물

깔고 앉아 떠받치고 살아가야 하는

숙명은 프로메테우스보다 더하다

말이 없다

생각이 없다 말하지 마라

소리치지 않는다

고통이 없다 말하지 마라

자리를 지킨다

혁명을 꿈꾸지 않는다 말하지 마라

말할 수 없어서

소리치지 못해서

무너지지 못해서

흘린 돌의 피눈물
굳어서 다시 돌이 되고
목숨이 되었다

넝쿨 장미

사람들이 말했다
성격이 다른 사람끼리 만나야 한다
그래야 잘 살 수 있다
이런 거짓말을 수없이 들었다
헤어지지 말라고
헤어지는 이유가 되지 말라고
사람들은 진심으로 거짓말을 한다
거짓도 진심으로 말하면 진실이 된다
가지에 눈이 쌓여 꺾어지듯
거짓이 쌓여 아슬아슬할 때
성격 차이라 말하면 될 것을
당신을 너무 사랑해서
당신을 떠나는 것이라 한다
이런 거짓말도 못 하는 사람들이
꽃이 피어날 때 가시도 함께 자라는
넝쿨 장미처럼 엉켜서 살아간다

금

얼음에 금이 갈 때

얼음은 쩡쩡 운다

금은 어디에서 시작되는지 알 수 없어

밤새 울고 울어도

터지는 금을 막을 수 없다

세상의 많은 금은 지울 수 있어도

얼음의 금은 지울 수 없어

더 깊게 쩡쩡 운다

세월이 흘러

다시 물이 되고

다시 얼음이 될 때까지

지독하게 기다려야 한다

무
한
꿈

아이가 비눗방울을 분다

깔깔 작은 숨을 불면

간지러워 간지러워 비눗방울

잠자리처럼 하늘 빙빙 오른다

봄바람에 찔려

폭폭 터지는 비눗방울에

아이는 애가 탄다

터지지 않고

하늘에서 내려오지 않은

비눗방울이 있을까

그런 꿈이 있을까

하늘로 하늘로

비눗방울 올린다

바
다
같
은
사
람

강물은 흘러

바다에 닿으면

바닷물이 된다

강물의 이름을 던지고

수염고래의 등을 타고

엄청난 파도를 만드는

바닷물이 된다

어디로든 흘러가야 하는

인생이라면

바다로 가고 싶다

강물을 키우는

바다 같은 사람에게로

흘러들고 싶다

노선 투쟁

학교에서 청소하는
김 씨와 이 씨가 붙었다
청소가 힘들어서가 아니다
자기 방식대로 고집하여서다
김 씨는 빗자루를 세워 놓는다
이 씨는 빗자루를 눕혀 놓는다
세워도 되고
눕혀도 되는데
뻣뻣한 대빗자루처럼 늙은
김 씨와 이 씨
오늘도 싸운다

김영란법

청소 반장 홍 씨가
국화차를 가져왔다
안후이성 황산 고향 특산이란다
국화 하나가 아기 주먹만 하다
따뜻한 찻물을 붓고 기다리면
연한 노란 물이 정말 이쁘다
마시기가 아깝다
한 입 넘기면
향은 금세 머리까지 올라가
세상이 환하다
김영란법을 생각하며
받기를 주저한 마음까지
향으로 가득하다
맛나게 끓여 함께 마시니
홍 반장 얼굴이 국화처럼 피었다
주는 것이 따뜻한 향이라면
받는 마음이 무슨 죄일까

메리 크리스마스

눈이 오면
함박눈이면 좋겠습니다
산타가 오면
선물이 많으면 좋겠습니다
종이 울리면
촛불이 켜지면 좋겠습니다
몰랐습니다
당신이 함박눈
당신이 선물
당신이 촛불인 것을
메리 크리스마스
당신에게 드립니다

눈이 내린다

눈이 내린다

창을 열고 눈발에 흐릿한 신천을 구경하다

방문을 열고 마당에 쌓이는 눈을 하염없이

바라보던 당신이 생각났다

공중전화 박스에서 기억을 더듬어

생전에 당신과 연결되던 탯줄 같은

전화번호를

정확하게 누른다

당신은 분명 전화기 앞에서

전화를 기다리고 있을 텐데

신호음은 당신에게 닿지 않는다

눈 때문이다

어지럽게 쏟아지는 눈 때문이다

당신에게 전화를 걸게 한 것도

당신에게 전화가 닿지 않는 것도

모두가 눈 때문이다

눈이 점점 더 퍼붓는다

눈을 뭉치듯 꼭꼭 전화기를 다시 누른다
당신이 보고파요
쏟아지는 눈 속을 신호음이 길게 간다
당신은 분명 전화기 앞에서
전화를 기다리고 있을 텐데

2부

구두를 벗다

감
잎
차

물을 끓여 풀빛

도자기 잔에 붓고

감잎차를 넣으면

숨어 있던 향과 색이

송사리 떼처럼 몰려나온다

뜸 들이듯 기다렸다

조심조심 두 손으로 감싸

후우 마신다

사르르 감꽃이 피어나듯

돌돌돌 말려 있던 생각이

포르르 펴진다

진눈깨비 오는 날 아침

찻물을 끓여

풀빛 당신 마음에 붓는다

하루가 따뜻하다

구두를 벗다

나는 땅꼬마다

도토리만 하다

초등학교 입학식 기념

단체 사진을 찍는 중

옆자리 방 선생이 구두를 벗는다

깜짝 놀랐다

내 눈높이에서

방 선생이 목련처럼 웃는다

독 오른 뱀처럼 빳빳이

깔창을 높이는 세상

구두를 벗을 수 있을까

들
고
싶
어
요

나무가 새에게 속삭이듯
밤하늘이 별에게 속삭이듯
이런 말을 듣고 싶어요
그대 주변에는 좋은 사람이 참 많아
그대는 복 받은 사람이에요

새가 나무에게 속삭이듯
별이 밤하늘에 속삭이듯
이런 말을 듣고 싶어요
그대가 좋은 사람이라
그대 주변에 좋은 사람이 정말 많아요

향장목 가로수 길

이별을 꿈꾸는 사람들
향장목, 늦은 낙엽 떨어지는
4월의 가로수 길을 걸으며
봄비 같은 이별을 약속한다

사랑을 꿈꾸는 사람들
향장목, 라일락빛 향을 품은
5월의 가로수 길을 걸으며
노을 같은 사랑을 약속한다

상하이 황진청다오
향장목 가로수 길
봄이 간 길을 여름이 걷고
사랑이 간 길을 이별이 걷는다

석굴암 가는 길

강줄기가 길어야
바다에 이르는 물이 해맑듯
석굴암 가는 산길은 길다
강줄기가 굽이굽이 돌아야
바다에 이르는 물이 단단하듯
석굴암 가는 길은 굽이굽이 감겼다
길고 굽은 길을 다 걸어
구절초를 닮은 당신과 함께
부처님 앞에 이르면
영지에 석가탑 잠기듯
당신 마음에 내가 비칠까
산객의 번뇌를 아는지 모르는지
숲속 다람쥐 한 마리
눈알 반짝이며
핑그르르 마니차를 돌린다

수수꽃다리

외진 담벼락
봄처녀마냥 가슴 부풀어
서성이는 5월,
수수꽃다리꽃 당신
보고 싶은 향기
아득한 서방의 하늘
그―립다

비는 내리는데

비가 며칠 이어진다

장마다

노란 우산을 챙겨

향장목 가로수 길을 걷는다

비 오는 날은 막걸리라

파전 굽는 냄새 가득한

바보주막까지 걸어

한잔 천천히 마시고 싶다

향장목 가로수 길에

비는 내리는데

막걸리집은 없고

막걸리를 마시고 싶은 욕심은

좀처럼 그치지 않는다

비는 계속 내리는데

희미한 옛 노래도

한잔 건넬 사람도 없고

막걸리를 마실 때 멋있던

당신이 생각난다

가
을
비

가을비가 내립니다

기분이 좋습니다

이유가 뭘까요

하늘에서 오기 때문입니다

하늘로부터 오는 모두가

지상에서는 선물입니다

비는 알록달록 땅에 떨어져

바다에 이르는 강물처럼

바람을 따라 떠납니다

무심한 하늘에

산사로 돌아가는 스님 닮은

가을비가 내립니다

어려운 질문

신천에 수달이 산다
귀하신 몸, 천연기념물 330호다
인기 아이돌보다
만나기가 어렵다
먹물처럼 깜깜한 밤
대봉교 밑에서 들려오는 처어쩝쩝
수달이 물고기를 뜯고 있다
낚시가 금지된 물고기를
수달이 마음껏 뜯고 있다
숨을 할딱이며 물고기가
아등바등 묻는다
수달은 왜 보호하지

궁금하다

산책길에서 개의 자유는
목줄의 길이만큼이다
아니다
주인의 자비만큼이다
아니다
주인을 설득하여 살아 내는
개의 능력만큼이다
산책에서 돌아오는 길에
문득 궁금하다
내 목에 매인 목줄
그 끝은 어디
누가 잡고 있을까

산을 오르며

오르막은 돌아만 서면 내리막
내리막은 꼭대기에서 시작하는 것이 아니다
내리막은 돌아만 서면 오르막
오르막은 바닥에서 시작하는 것이 아니다
지금 자리에서 오르막은 시작하고
지금 자리에서 내리막은 시작할 뿐
어디를 향하여 돌아서든 자유다
돌아서는 사람에게 이유는 묻지 마라
가장 높은 곳에 오르는 것이 성공이 아니듯
가장 낮은 곳에 머무는 것이 실패가 아니다
오직 자기 산을 오르게 하라

무
제

흐르는 물은

절벽을 만나서

생애 가장 눈부신

낙하를 한다

단연코

나는

그대의 절벽이 되고

싶지 않다

황국도 아프다

서리가 내린 새벽
감기에 열꽃이 피는 아이처럼
황국은 아파도
노랗게 웃는다
사람들은 모른다
때로 황국도 아프다
아파서 울고 있다는 것을
아파서 더욱 노랗다는 것을

바
람
품
은
풍
경

세상을 떠돌다

쏭쏭 구멍 뚫린 문풍지 몰골로

찾아든 가을바람

대웅전의 낡은 풍경風磬은 그를 반겨

가슴에 품는다

바람은 흐느껴

풍경 소리도 함께 흐느낀다

부처님은 기척이 없으시고

대웅전 모퉁이 쑥부쟁이에

평소처럼 물을 주신다

쑥부쟁이에 내려앉은 나비는

바람을 깨워

바람 품은 풍경은 산을 넘는다

풍경 소리는 세상을 떠돌다

어느 가을

누구의 가슴에 머물까

유
도
화

나 혼자서 꽃피워
세상을 환하게 할 수 있을까
걱정하지 말아요
내가 혼자면
세상도 혼자입니다
내가 혼자가 아니면
세상도 혼자가 아닙니다
내가 가진 아름다움
힘을 다해 피워요
그러면 아름다움은
꽃밭이 될 거예요
별밭이 될 거예요
나 혼자서 꽃피워
세상을 환하게 할 수 있을까
이제는 걱정하지 말아요

석
류
꽃

철쭉과 진달래는
경쟁하지 않듯
석류꽃은 옆자리 꽃과
다투지 않습니다
달이 지구에서 멀어질까
걱정하지 않듯
석류꽃은 언제 떨어질까
염려하지 않습니다
오늘 함께
햇볕을 즐기고
오늘 함께
바람을 쐽니다
이것 이상 바람이 없습니다
석류꽃 아래에서
사람들은 다시 붉어집니다

나무와 꽃

나무에서 떨어진 꽃은
나무를 잊을 수 있어도
꽃이 떨어진 나무는
꽃을 잊을 수 없습니다
다시 오는 봄에
더 아름답게 만나고 싶어
여름, 가을, 겨울을
기다림으로 살아갑니다
희망으로 살아갑니다
꽃을 달아 본 사람만이 아는
기쁨으로 살아갑니다

나
무
와
새

나무는 새를 위하여

가지를 뻗지 않고

새는 나무를 위하여

둥지를 틀지 않습니다

나무는 새를 위하여

무성한 잎을 달지 않고

새는 나무를 위하여

노래하지 않습니다

스스로를 사랑할 때

스스로 존재할 때

나무는 새의 집이 되고

새는 나무의 노래를 부릅니다

걱
정

꽃은 생각한다
나무는 걱정이 없을 거라
나무는 생각한다
꽃은 걱정이 없을 거라
하지만
꽃은 알고 있지
꽃마다 다른 빛깔의
걱정이 있다는 것을
나무는 알고 있지
나무마다 다른 모양의
걱정이 있다는 것을
심지어 하나님도
걱정으로 잠 못 이룬다는 것을

그런 나무는 없다

꽃이 지는데
슬퍼하지 않는 나무가 있을까
잎이 떨어지는데
눈물 흘리지 않는 나무가 있을까
새가 떠나는데
외롭지 않은 나무가 있을까
나무는 분명히 알고 있지
봄이 돌아오면
다시 꽃이 피고
다시 잎이 나고
다시 새가 찾아온다는 것을
그렇다고
꽃이 지는데
슬퍼하지 않는 나무가 있을까
잎이 떨어지는데
눈물 흘리지 않는 나무가 있을까
새가 떠나는데

외롭지 않은 나무가 있을까

사
과
나
무

사과나무에 달린 열매가 모두

탐스러우면 얼마나 좋을까

다 그럴 수는 없잖아

그래서도 안 되고

겉이 문드러진 것도

속이 썩은 것도

빛이 바랜 것도

모양이 좀 특이해도

몸집이 좀 작아도

사과나무에게는 모두 소중한 열매다

벌레라고 부르는 것들에게는

너무 소중한 밥이다

씨앗이라고 부르는 것들에게는

너무 소중한 집이다

사과나무에 달린 열매는 모두 탐스럽다

그렇지 않다면 사과나무가 아니다

비를 기다리다

비는 어딘가에 닿아야
소리를 가질 수 있습니다
여름 푸른 볼 나뭇잎에
칠이 벗겨진 파란 양철 지붕에
헤어지고 돌아가는 연인의 가슴에
들깨 모종을 심는 어머니의 등에
그것이 무엇이든 닿으면
그것의 소리가 됩니다
빗소리를 들으면
비를 만난 것들의 꿈
비가 만난 것들의 슬픔
비로소 알게 됩니다
나의 꿈
나의 슬픔은
어떤 소리가 날까
달이 없는 밤 서성이며
비를 기다립니다

순
리
대
로

찬바람에 입술 퍼런 겨울 바다는
조금이라도 오래 뜨거운 해를 품고 싶어
안간힘을 다해 해를 눌러도
솟아오르는 해를 막을 수 없다

밋밋한 풍경에 외로운 서산은
조금이라도 오래 노을을 잡고 싶어
있는 힘 다해 까치발을 하여도
넘어가는 해를 막을 수 없다

검버섯이 돋는 이순의 나는
조금이라도 젊게 보이려고
얼굴에 피가 맺히도록 면도를 하여도
자라 나오는 흰 털을 막을 수 없다

해가 뜨고 지고 늘어나는 흰 털은
노력으로 되지 않는다 세상일도 그렇다

어머니가 마실 오가듯

그냥 오고 가게 할 일이다

환
상

나이가 웬만하게 들면
밥맛없는 사람이라도
애인을 대하듯
대할 줄 알았는데

나이가 웬만하게 들면
가시 같은 이야기라도
토끼처럼 쫑긋
들을 줄 알았는데

나이가 웬만하게 들면
생고무 같은 세상사도
소처럼 천천히
소화시킬 줄 알았는데

나이가 웬만하게 들면……

시시포스

초스피드 시대다
빨리빨리 경쟁이다
속도가 느리면 버림을 받는다
속도를 사기 위해 돈을 번다
속도는 돈을 버는 속도보다
한 걸음 늘 재빠르다
속도를 추종하는 사람들은
속도의 신민이 된다
신민은 시시포스처럼
속도를 굴려 올린다
바위를 버리지 못했던 시시포스처럼
신민도 속도를 버리지 못한다
충직한 신민으로 살지 못하는
나는 아예 낙오자가 되어
산 아래 계곡에 발을 담근다

멋
대
로

읽
기

가나가녀가나가녀가나
나가녀가나가녀가나가
나자녀자나자녀자나자
자나자녀자나자녀자나
다가나다가나다가나다
나가다나가다나가다나
라마다라마다라마다라
마라다마라다마라다마
바사아바사아바사아바
사아바사아바사아바사

무소의 뿔처럼

장대비가 내리는 오후, 아파트 베란다에서 평생을 보낸 행운목과 고무나무를 아파트 입구에 내어놓았습니다 장대비에 맞는 기쁨을 잎사귀에게 맛보이고 싶었습니다 장대비에도 줄기가 허리를 꼿꼿이 세우고 가지를 거느리게 하고 싶었습니다 장대비로 물이 넘쳐도 움켜잡아 간직할수 있는 물은 많지 않음을 뿌리가 경험하게 하고 싶었습니다 장대비가 그치고 바깥으로 나가니 아파트 입구에 있어야 할 행운목과 고무나무는 사라지고 없었습니다 아파트 건너편에 평소없었던 나무가 어색하게 서 있었습니다 장대비에 깨어난 행운목과 고무나무가 그리로 간 것이라 추측하지만 진실은 알 수 없습니다 빈 화분은 그대로 아파트 입구에 두었습니다 탕자처럼돌아오지 않는다고 누가 장담하겠습니까 진실로 바라기는 우주처럼 아득한 숲으로 무소의 뿔처럼 가는 것입니다

가을 벗나무 아래

보문호 벗나무 아래
가을이 편안하게 누웠다
곱게 물든 가을 하나 주웠다
가까이서 보니 생채기가 많다
아름답게 살려고 무던히도 애쓴
가장 상처 많은 가을 골라서
책갈피에 묻는다
책갈피에서 새롭게 시작하는 삶
다음 가을은 무슨 빛깔일까
보문호 벗나무 아래
사내가 가을처럼 누웠다

동그라미

표정 없는

달력의 숫자 위에

약속의 날

동그라미 하나를 두르면

금세 표정이 생긴다

러브레터를 읽는 것처럼

가슴이 뛴다

다른 모든 날은 사라지고

그날만 보인다

신비도 하지

동그라미 하나 둘렀을 뿐인데……

진실은 무엇인가

바닷물은 푸르다

바다에서 건져 올린 물은

푸르지 않다

그 물, 바다로 쏟으면

다시 푸르다

그 물, 파도가 되어 솟아오르면

다시 푸르지 않다

그 파도, 바다에 무너져 내리면

다시 푸르다

바닷물은 푸르지 않고 푸르다

짝
사
랑

여학생 하나가 울고 있다
공에 맞아서
남학생이 던진 공이다
남학생은 사랑을 던졌는데
여학생은 공을 맞았다
주위에 있는 친구들은
모두 알고 있는데
맞은 여학생만 모른다
맞아도 아프지 않은
사랑은 없을까
울지 않는
사랑은 있을까
다시 세게 돌려받고 싶은데
여학생은 울기만 할 뿐
던진 공은 돌아오지 않는다

3부

하나님도 외롭다

당신에게

당신이 가진 그늘
모두 내가 준 것입니다
당신이 가진 슬픔
모두 내가 준 것입니다
주고 싶었던 것은
맑고 따뜻한 햇살이었습니다
주고 싶었던 것은
밝고 환한 기쁨이었습니다
삶이 뜻대로 되지 않는 줄
알았어도 당신에게만은
좋은 것만 꼭 주고 싶었습니다
이미 지난 것은 어찌하겠습니까
간절히 바라는 것은
당신이 가진 그늘 조금씩 걷어 내고
당신이 가진 슬픔 조금씩 덜어 내는 것입니다
이것만은 꼭 뜻대로 이루고 싶습니다

아
내
를
위
하
여

갱년기를 앓고 있는 아내가
꽃을 선물로 받고 싶다며
말끝을 흐렸다
다이아몬드가 아니고
해외여행도 아니고
폼 나는 외식도 아니고
7080 콘서트는 더 아니고
꽃을 선물로 받고 싶단다
어쩌면 좋지
나는 나이 많은 경상도 남자라
꽃을 사서 들고 오는 것이
가장 어려운 것을
그래도 아내를 사랑하여
사춘기 소년처럼
볼 붉은 장미꽃 한 다발
아내 품에 안겼다

남은 희망

늙은 아내를 위해
밥상을 차리고
늙은 지아비를 위해
이부자리를 깔 수 있으면

주름진 야윈 손 맞잡고
굽은 허리
관절통 다리 끌며
동네를 한 바퀴 돌 수 있으면

자주 오지는 못해도
가끔씩 전화해서
코맹맹이 손주 바꾸어 주는
자식이 있으면

삶은 옥수수 몇 자루
수십 번 듣고 듣던 이야기

귀담아들어 주는
이웃 친구가 있으면

가
난
한
사
람

아내와 다투고
불 꺼진 방에 누우면
바닷속에서 올라와 물을 뿜는
고래처럼 푸후 한숨이 나온다
조약돌처럼 단단해져
모래처럼 작아져
씩씩대는 내가 한없이 불쌍하다
옆방으로 건너가 용서를 구하는
생각, 생각만 하다 끝내
마음에도 불이 꺼져 깜깜하다
아내와 다투고 화해하지 못한 날
바늘 하나 꼽힐 땅이 없는 마음
나는 세상에서 가장 가난하다

곰탕

아내가 몇 주 집을 비우면서
말로만 듣던 그 곰탕을
냉동실에 넣었다
끼니 거르지 말고
챙겨 먹어라 말씀하셨다
아내가 없는 첫날
곰탕을 맛있게 먹었다
아내가 없는 둘째 날
곰탕을 맛있게 먹었다
아내가 없는 셋째 날
곰탕이 맛있었을까
아내의 말씀이 지엄하여
곰탕을 먹었다
곰이 먹어 곰탕
곰을 끓여 곰탕
곰처럼 먹어 곰탕
곰이 되라 먹는 곰탕

아내가 없는 사이
곰탕이 되었다

크리스마스트리

올해도 아내는
크리스마스트리를 세웠다
전원을 넣자
하늘의 별들이 콩알처럼 몰려왔다
어둠에 묻힌 밤
지상으로 내려온 별들의 노래
루돌프는 화이트 크리스마스
사람들은 산타를
흥청흥청 기다린다
영광이 둘린 밤
누구에게 부칠까
크리스마스 카드를 그리는 아내
누가 등불을 켤까
베들레헴 말구유 예수
울면 안 돼 울면 안 돼
올해도 아내는
크리스마스트리를 세웠다

바
보

어머니와 함께 살 때

아내가 물었다

자기와 어머니가 물에 빠지면

누구를 먼저 구할까

이 아득한 질문에

아이만도 못하게

엄마 먼저 해 버렸다

토라진 아내가

아침 출근길에

쓰레기봉투를 맡겼다

이를 본 어머니가

남자 출근길에 뭐 하는 짓이냐며

아내에게 잽을 날렸다

묵직하게 날아올 한 방을

어머니는 왜 모르실까

불량 식품

생고무같이 질겨야 한다
피 같은 돈으로 산 것이
눈 녹듯 사르르
사라지는 것은 참을 수 없다

돌처럼 단단해야 한다
한나절 졸라 산 것이
뙤약볕에 아이스크림 녹듯
흘러내리는 것은 참을 수 없다

질기고 단단한 것이
불량 식품이라면
질기고 단단했던 당신은
불량 식품이었다

잠이 오지 않는 밤
불량한 생각이 자라 나올 때

가끔씩 사 먹는 불량 식품

참 그립다

집으로 돌아오는 길

아버지 심부름으로
비닐봉지에 막걸리 세 병 담아 오다
비닐봉지가 터져 버렸다
막걸리 한 병도 터져 버렸다
비닐을 탓해야 하나
터진 막걸리를 탓해야 하나
가게 아줌마를 원망해야 하나
아버지를 원망해야 하나
터진 막걸리를 붙잡고
막막하여 울어 버렸다
막걸리를 사고 남은 오 원으로
빨고 있던 막대사탕이 괜찮다며
달달하게 목젖을 넘어갔다
길바닥에 널브러져 있던
터지지 않은 두 병도
자기들이 남아 있다며
흙먼지를 털었다

양손에 막걸리를 들고
걱정을 한껏 들고
집으로 돌아오는 길은
숙제 안 하고 학교 가는 길처럼
오래 콩닥콩닥 떨렸다

가
장
먼
곳

어릴 때
이 세상에서 가장 먼 곳은
하늘 끝이라 생각했다
비행기가 깨알만 해질 때까지도 하늘에 닿
지 못해서

조금 자라서는
이 세상에서 가장 먼 곳은
아버지 마음이라 생각했다
아버지 마음 바닥까지 한 번도 이르지 못해
서

조금 더 자라서는
이 세상에서 가장 먼 곳은
머리에서 가슴까지 이르는 것이라 생각했다
행동하는 양심을 가지지 못해서

조금 더 많이 자라서는
이 세상에서 가장 먼 곳은
돈이 있는 곳이라 생각했다
매일같이 발버둥질하나 닿지 못해서

조금 더 많이 많이 자라서는
이 세상에서 가장 먼 곳은
자식 마음이라 생각했다
몇 달이 지나도 전화 한번 없어서

아
직

불을 끄고 누웠는데
잠이 오지 않아
엄마, 소리 내어 보았다
주르르 눈물이 흘렀다
그리웠나 보다
보고 싶었나 보다
아득히 잊고 살다
힘들어야 생각나는 엄마
가만히 불러 보았다
외로웠나 보다
위로가 필요했나 보다
독도처럼 떠 있다
무인도로 가라앉은 엄마
아직 당신이 그립다

외
로
움

평생을 교회에 다니신

낙타 무릎이 되도록 기도하신

장모님은 외로우시다

머리가 비워져 간다며

대학병원 약에 동네약국 약까지 더해도

장모님은 외로우시다

입술에 기억되어

잊히지 않는 찬송가를 불러도

장모님은 외로우시다

늙음 앞에서는

하나님도 외롭다

방풍

낡은 창틈으로
찬바람이 새어 듭니다
테이프를 둘러도
찬바람을 다 막을 수는 없습니다
사람도 오래되면
틈이 생겨 외로움이 들어옵니다
테이프를 둘러도
외로움을 다 막을 수는 없습니다
성당동 이 씨는 이중창으로 갔다가
틈이 없어서 더 외로워졌다는데
틈을 두어야 할까요
틈을 막아야 할까요

여
생

젊어서는 없어서

늙어서는 입이 소태여서

먹지 못한다

한 손 가득한

알약을 먹으려고

모래 같은 밥

한 주먹 삼킨다

진미가 세상에 가득해도

남은 삶이

약 먹는 일로 남았다

불로초는 처음부터 구하지 않았으니

여생이 모래시계처럼

순식간에 좌악 흘러내리는

약은 어디에 없을까

어
버
이
날

카네이션을 달아 드리고

용돈도 드리고 싶습니다

손을 잡고 가볍게

동네를 한 바퀴 돌고 싶습니다

돈 많이 들까

자장면을 고집하시는 당신과

늦은 점심을 먹고 싶습니다

당신처럼 허옇게 된 머리를 내밀어

쓰다듬어 주시는 손길을

느끼고 싶습니다

일을 저질러도

괜찮다 그럴 수 있지

언제나 내 편이던 당신의 굽은 등에

기대고 싶습니다

그
꽃

어버이날 아들이
가슴에 꽃을 달아 주었습니다
퇴근길에 간신히 산 꽃을
당신은 훈장을 받은 것처럼 기뻐했습니다
하루 종일 가슴에 달았던 꽃을
벽에 꽂아 두었습니다
자식이 준 것이라고 오래 보관하였습니다
집에 자주 오지 못하는 자식을
그렇게라도 보고 보았을 것입니다
해마다 어버이날이 돌아오면
벽에 꽂혀 먼지를 뒤집어쓰고 있던
그 꽃이 생각납니다
그 꽃처럼 잊힌 당신이 생각납니다

개
벽

앉아서 밥상을 받고
물심부름을 시키던 형님이
부엌에서 그릇을 씻고
과일을 깎는다
TV 채널은 벌써 바쳤고
소변도 앉아서 본다
늙으면 고분고분
마누라 말을 들어야 한다
젊어서 뻣뻣하게 굴었던 것도
용서를 빌며 살아야 한다며
우리를 가르친다
어머니가 살아서 오신다면
뭐라 말씀하실까
천지가 개벽했다

배
수
의
진

비가 갠 요즘 하늘에서
무지개를 볼 수 없듯이
아버지가 부르던 노래는
다 어디로 갔는지 들을 수 없다
비 갠 하늘이 아무리 좋아도
무지개 없이는 올라갈 수 없듯이
아버지가 아무리 보고 싶어도
부르던 노래 없이는 만날 수 없다
무지개를 보려면
비가 개는 순간에 빠짐없이
하늘을 지켜야 하듯
아버지를 만나려면
빠짐없이 월요일 밤에는
〈가요무대〉를 보아야 한다
아내는 내가 아버지처럼 늙어서
〈가요무대〉를 좋아한다고 지청구한다
늙으면 마누라 말을 듣는 것이 신상에 좋다며

은근히 압박하며 마지막 남은 채널

〈가요무대〉를 공격한다

황산벌의 계백 장군처럼

결사 항전까지는 아니지만

배수의 진을 쳐야 할 날이 점점 다가오고 있다

막
내
외
삼
촌

태풍 솔릭이 지나가는
금요일 오후
막내 외삼촌과 통화했다
솔릭이 비 냄새를 뿌리듯
내가 쓴 시에서 후두둑
어머니 냄새가 올라와서
외삼촌을 엎었단다
어머니 하관 때 멀찍이 떨어져
솔릭의 눈처럼 고요하게
하늘을 올려다보던 팔순의 외삼촌
솔릭이 지나는 항구에 매인 배처럼
목숨이 단단히 매여 있기를
하늘과 땅에 빕니다

가족의 진화

어머니가 입원하였다
가족 모두 입원하였다
어머니가 퇴원하였다
가족 모두 퇴원하였다

어머니가 입원하였다
어머니만 입원하였다
어머니가 퇴원하였다
어머니만 퇴원하였다

요양병원

외로움으로 마음이 깜깜할 때
창문으로 들어오는 햇살이
반갑고 고맙긴 해도
산안개처럼
어서어서 흩어지고 싶다

시장에 함께 가곤 하던
다 닳지 않은 털신과
헤어지는 것 눈물이 나도
유성처럼
어서어서 떠나고 싶다

사랑하고 사랑받던 사람들에게
항아리 소복한 재
가슴마다 허무를 남겨도
접동새처럼
어서어서 날아가고 싶다

가는 곳이 천당이 아니라도
가는 곳이 극락이 아니라도
어서어서 가고 싶다
어서어서 가고 싶다

쉰
밥

밥이 약간 시금해서

버리려고 하니

어머니가 급하게 말리며

찬물로 두세 번 후딱 헹구고

괜찮다며 드신다

된장에 풋고추 찍어

맛있게 드신다

실없이 화가 나서

나도 먹으려고 하니

한사코 말리신다

어머니도 드시지 말라 하니

당신은 늙어서 괜찮다 하신다

다음에는 제발 그러지 마시라 하니

그러마

건성으로 답하신다

돌아오는 길 내내

쉰밥 같은 세월

찬물로 헹구며 살아오신
당신이 백미러에 달려 있다

기
가
맥
히
지

생각해 보면

어떻게 살았는지 몰라

머리에 계란을 이고

집집이 다니며 팔았어

추운 겨울 찬밥을 먹으며

갈라진 손가락 마디마디

바셀린을 채우고 찬바람을 맞았어

다시 살라 하면 죽을 것 같아

그래도 그때가 좋았어

자식들 먹이고 공부시키는

즐거움이 있었으니까

그러니 기가 맥히지

그렇지 않아

더운 쌀밥 먹고

하루 종일 고스톱 치다

따뜻한 방에서 TV 보다 자는데

그때가 좋았다는 것이

참 기가 맥히지
생각해 보면
그때는 가난하여도
함께 이야기할 사람이 있었어
위해서 살아야 할 사람이 있었어

등
신

팔십 평생 살았으니

남길 것이 뭐라도 있나

돈을 들여 치워야 할

먹고 입던 살림 몇 가지뿐

팔십 평생 살았으니

가져갈 것이 뭐라도 있나

자식보다 더 살갑던

낡은 틀니에 빈손뿐

그럼에도

세상을 사는 것도

세상을 떠나는 것도

왜 이리 힘들까

세상의 것은 세상에 두고

저세상의 것은 저세상에서 마련하면 되는데

학
교
가
는
길

오누이가 학교에 갑니다
비가 내립니다
오빠가 우산을 펴지 않습니다
"우산 써라 감기 걸린다"
"감기 걸릴라꼬"
"와"
"학교 가기 싫어서"
누이가 씨익 웃으며 우산을 접습니다
뒤에서 가만가만 엿들은 나도
슬쩍 우산을 접습니다
하늘은 스스로 돕는 자를 도와
더 굵고 큼직한 비가 내립니다
학교 가는 길……

식물실습장에서

아이들이 모종을 심었다
고추, 토마토, 오이, 호박……
지난밤 봄비에
토마토 모종이 훌쩍 자랐다
노란 토마토꽃도 피었다
튼실한 토마토를 얻으려고
생목숨 꽃 몇 개를 땄다
이게 맞을까
하나를 위해
여럿의 목숨을 버리는 것이
마음의 혼란을 비집고
고추, 토마토, 오이, 호박은
영수, 영희, 영철이가 되고
교실에서 꺾었던
더 많은 영수, 영희, 영철이가
토마토꽃 사이에 널브러져 있다

가
을
은
행
같
은

지독한 냄새
양파망에 담아
문지르고 문지른다
도톰한 살점이 흩어지고
단단한 알맹이 남는다
빈 우유갑에 넣어
전자레인지에 돌리면
타닥터덕 부풀어 터진다
선명한 연초록의 속살
카스텔라처럼 부드럽다
나무에서 떨어진 가을
은행 같은 말썽쟁이 아이들
씻고 문지르고 돌린다
연초록 속울음
타닥터덕 터질 때까지

아이들은

아이들은
떠들 때에는
탱탱볼 같다가
꿈을 말할 때는
황소처럼 끔벅끔벅한다

아이들은
놀 때에는
럭비공 같다가
공부를 할 때는
하마처럼 하품한다

아이들은
친구와 있을 때에는
연식 정구공 같다가
아버지와 있을 때는
거북처럼 딱딱하다

행복반
— 특수반이라 이름 불리는

상식으로 보면

눈물이 넘친다

상식에서 비켜 보면

행복이 넘친다

슈퍼에서 현금으로 장보기

지하철 타고 목적지에서 내리기

너무 평범해서 잊고 사는

자잘한 일상들이

우주를 건너온 운석처럼

재미있는 공부가 된다

하나를 배울 때마다

별이 돋듯 꿈이 생기고

아침 햇살보다 맑은

아이들 가슴은 뛴다

상식에서 살짝만 비켜도

행복은 홍수처럼 불어난다

희망 사항

아이들이 어릴 때
내 걸음에
아이들이 맞추지 못한다
화를 내었다
아이들이 자라서는
자식들 걸음에
내가 맞추지 못해
섭섭하다
한 걸음 멈추고
한 걸음 기다리는 마음
자식에게 주고 싶다
자식에게 받고 싶다

아! 낙낙하고 헐거운 사랑의 깊이

—강경희(문학평론가)

    살림살이가 팍팍하던 지난 시절 자녀들에게 옷은 당연히 물려받는 것이었다. 몸이 자란 첫째의 얼룩 묻은 옷은 둘째에게, 소매가 닳아 얄팍해진 옷은 앞섶이 빤질빤질해질 때까지 셋째의 차지였다. 보풀마저 가라앉은 낡은 옷들은 어머니의 솜씨를 빌려 다음 타자에게 이양되기도 했지만, 그마저 불가능하면 과감하게 해체되어 마루를 훔치거나, 겨울철 수도꼭지의 스타일을 책임졌다. 그 시절 옷은 핏보다 수명이 관건이었다. 몸의 치수를 상회上廻하는 넉넉함은 미덕이었고, 동생을 위한 마음 한 자락은 꼭 있어야 할 덤이었다.

    그리 멀지 않은 과거, 주머니가 가벼운 우리의 부모들은 생계의 추에 매달려 안쓰럽고 고달픈 가난을 견뎌야 했다. 비록 "쉰밥 같은 세월" "찬물"(「쉰밥」) 같은 시린 시간을 살았지만, 가난의 자리엔 빈곤한 마음보다 따뜻한 인심이 앞섰다. 지독한 시간이지만 마음은 부자였다. 그것은 "함께 이야기할 사

람" "위해서 살아야 할 사람"(「기가 맥히지」)이 그 무엇보다 중
요했기에 가능했다.

　전병석 시인의『구두를 벗다』는 경쟁과 과잉의 시대를 살
아가는 우리에게 진정 추구해야 할 '인간다움의 가치가 무엇
인지' 그 출구와 방향을 제시하는 시집이다. 첫 시집『그때는
당신이 계셨고 지금은 내가 있습니다』(어른의시간, 2018)가 어
머니를 향한 그리움과 사랑의 헌사獻詞가 중심이었다면, 두
번째 시집『구두를 벗다』는 혈연의 울타리를 넘어 이웃과 세
상에 대한 사랑의 확장성을 담아내고 있다.

　동구 밖을 지키는

　느티나무 같은

　조준찬 내과에는

　오래된 간호사 선생님이 있다

　더 오래된 원장님이 있다

　진찰이 끝나면

　"엉터리로 살래"

　주사가 따끔하다

　약솜으로 엉덩이 문지르며

　"병원에 오지 마라"

"복되게 살아라"

원장님이 조용히 웃으신다

—「조준찬 내과」부분

"오래된 간호사"와 "더 오래된 원장님"이 있는 "조준찬 내과"는 딱딱한 진료와 처방을 반복하는 삭막한 병원이 아니다. "따끔"한 "주사"보다 더 따끔한 것은 "엉터리로 살래"라며 정곡을 찌르는 원장의 한마디다. "조준찬 내과"에선 몸만 진단하지 않고 환자의 삶까지 치료한다. 의술醫術이 인술仁術이 되는 지점이다.

"병원에 오지 마라" "복되게 살아라"는 말에서 짐작할 수 있듯이 그곳은 수익보다 사람이 우선이고, 위로가 치유의 근본임을 알게 하는 곳이다. "동구 밖을 지키는 / 느티나무"처럼 든든한 삶의 가치가 여전히 유효함을 보여 준다.

식탁 의자는 삐뚤어도

간판은 주인처럼 반듯하다

엄마와 딸이

힘겹게 꾸려 가는 골목 식당

—「진미식당」부분

"진미식당"은 모녀가 "힘겹게" 하루하루를 "꾸려 가는" 생존의 터전이다. "낡은 골목길" "십여 명이면 꽉 차는" 비좁고 허술한 곳이지만 "엄마와 딸"은 정성으로 음식을 차려 냈다. "밥"은 양식이며, 피와 살이며, 노동이며, 한 가정과 나라를 살리는 에너지라는 평범한 진리를 주인은 알고 있다. 그곳은 "식탁 의자는 삐뚤어도" "간판은 주인처럼 반듯"하다는 말처럼 서민의 지갑을 생각하고, 정직하게 밥을 짓는 곳이다. 중요한 것은 외관이 아니라 인간을 생각하는 마음일 것이다.

전병석 시인은 우리 곁에 있는 소소한 일상의 공간을 주의 깊게 살핀다. 그는 익숙하며 전형적 공간을 새로운 눈으로 응시한다. 친숙한 곳을 '낯선 시선으로 재인식'하는 방법은 상투성이 가려 놓은 삶의 이면을 발견하려는 욕망이며, 현상 너머 세계의 진실을 추구하려는 의지다.

"신천 둔치"에서 "고스톱"과 "장기판"으로 하루를 사는 쓸쓸하고 애틋한 노인들의 삶을 그린 「훈수꾼」, "오백 원에 목숨을 걸어야 하는 / 두더지 가족"으로 은유된 「김광석 거리」, 아픈 아내를 끝내 살해한 늙은 남편의 비애를 담은 「20년 간호하던 아내의 목을 조른 70대 노인의 사연」, 자기 방식대로의 청소를 고집하는 "김 씨와 이 씨"의 '빗자루 싸움'을 그려 낸 「노선 투쟁」 등은 모두 일상 안에 있지만 주목받지 못한 존재들에 대한 한없는 애정을 담고 있다. 이는 시대의 주인공으로 조명받지 못한 경계의 사람들, 소외된 사람들을 향한 고개 돌림이다. 이 모든 타자는 실은 '나'이며 '너'이며 또한 '우리'의 모습이다.

그대를 상상한다
세상은 녹록지 않아
큰물에 휩쓸려 운명처럼
떠내려가는 날이 오더라도
그대를 기다리는 설렘으로
두 다리 종종 걷고
그대를 건네는 기쁨으로
등허리 깊숙이 숙인다
　　　　　　　　　－「징검다리」 부분

오늘에 우리가 잊고 있는 것은 무엇일까? 모두가 앞만 보고 질주하고 모두가 일등이고 모두가 주목받아야 한다고 생각한다. '서로'는 실종되고, '함께'가 진부한 구호로 전락할 때 공동체는 위기를 맞을 수밖에 없다.

"냇가"의 "징검다리"가 화자인 이 시는 우리의 세계를 건재하게 떠받치는 것이 무엇인지 알려 준다. "징검다리"로 은

유된 존재는 "그대를 기다리는 설렘"으로, "그대를 건네는 기쁨"으로 매일을 산다. 징검다리는 자신의 "등허리"를 기꺼이 내어 줌으로 "그대"(우리)가 "녹록지 않"은 "세상"을 안심하고 건너도록 돕는다.

시인은 이를 '헌신' '희생' '사랑'이라 굳이 말하지 않는다. 징검다리의 존재 목적은 누군가가 가야 할 길을 위한 '배려'이며 '내어 줌'이다. "등허리 깊숙이 숙인다"는 것은 고통을 동반하는 아픔이지만 "징검다리"는 자신의 운명을 기쁨으로 수용한다. 나를 지탱시키는 것은 결국 나 자신만이 아니다. 수많은 징검다리들이 생의 길을 건너도록 나를 도왔다. 보이지 않는 수고와 헌신이 지금의 우리를 있게 했고, 시대와 사회를 이끌었다. 과연 누가 주인공인가? '모두'와 '함께'의 정신을 잊지 않아야 하는 까닭이다. 이러한 성찰은 인생의 질곡을 통과한 자만이 터득할 수 있는 농익은 지혜이다.

인생의 후반전에서 시인은 허둥대지도 서둘지도 않는다. 그저 자신에게 주어진 시간과 사람, 경험과 달란트를 헛되게 쓰지 않기 위해 애쓴다. 그것은 인생이란 시간을 통과하면서 배운 것이며, 자연의 질서와 법칙이 그에게 가르쳐 준 것들이다.

꽃이 지는데

슬퍼하지 않는 나무가 있을까

잎이 떨어지는데

눈물 흘리지 않는 나무가 있을까

새가 떠나는데

외롭지 않은 나무가 있을까

나무는 분명히 알고 있지

봄이 돌아오면

다시 꽃이 피고

다시 잎이 나고

다시 새가 찾아온다는 것을

　　　　　　　－「그런 나무는 없다」 부분

생성과 소멸은 자연의 질서다. 생성은 축복이고, 생명과 생명의 만남은 기쁨이다. 하지만 생명은 결국 죽음을 향하고, 만남은 끝내 이별에 도달한다. 이 평범한 진리가 자연이 우리에게 가르쳐 준 것이다. 만남의 기쁨은 이별의 아픔을 수반할 수밖에 없다. "슬픔" "눈물" '외로움'은 모두 유한한 존재들이 치러야 할 생의 대가이다. 하지만 어른이 되고, 또 소멸을 맞는 것을 받아들일 때 인생의 열매는 빛나는 것이 된다.

"봄이 돌아오면 / 다시 꽃이 피고 / 다시 잎이 나고 / 다시 새가 찾아온다는 것을" 이 간명한 깨달음이 더없이 묵직한 메

시지로 다가온다. 자연의 가르침은 인간을 숙연하게 만든다. 시간의 숙명에 대적하지도 않고 자기를 비우고 자기를 허무는 이치를 터득한다. 자연은 지독한 아집도 무한한 욕망도 자기도취의 허상을 좇지 않는다.

> 새는 나무를 위하여
> 노래하지 않습니다
> 스스로를 사랑할 때
> 스스로 존재할 때
> 나무는 새의 집이 되고
> 새는 나무의 노래를 부릅니다
> ─「나무와 새」 부분

질서에 순응하는 것, 시간에 복종하는 것, 온전한 자기 자신을 위해 최선을 다하는 것이야말로 "스스로를 사랑"하는 것이며, "스스로 존재"하는 완전함에 이르는 것이다. 전병석의 시는 쉽고 간명하지만 깊은 울림과 깨달음을 준다. 화려한 수사에 기대지 않지만 녹록지 않은 생의 통찰과 깨달음이 직조한 시편임을 짐작할 수 있다.

뽑는 게 능사가 아니라니

잘 다독여서

같이 살아가야 한다

　　　　　　─「치통」 부분

　편리와 효율성의 이름으로 세상은 너무나 쉽게 없애고, 쉽게 잊는다. 불편을 용납하지 않고, 기다림을 수용하지 않는다. 하지만 "뽑는 게 능사가 아니"기에, "잘 다독여서 / 같이 살아가야 한다". 타인의 고통에 공감하지 않는 것은 능률주의 사회의 폐해다. 불편하고 안쓰러운 것의 존재 이유가 무엇인지 생각하지 않는 사회는 스스로를 반성하지 않는 부조리한 세계다. 반성 없는 세계는 부정하고, 성찰 없는 세계는 불온하다.

　산책에서 돌아오는 길에

문득 궁금하다

내 목에 매인 목줄

그 끝은 어디

누가 잡고 있을까

　　　　　　─「궁금하다」 부분

"개"로 비유된 인간존재의 "자유"에 대해 일갈한 시다. "자유"는 방종도 무질서도 아니다. 진정한 "자유"의 깨달음은 자기의 "끝"을 인식하는 것에서 출발한다. 즉 자기에게 허락된 것, 자기가 해야 할 사명, 자신이 책임져야 할 삶의 무게를 알고 나아가는 것을 의미한다. "내 목에 매인 목줄"이라는 겸손한 표현은 '신' 앞에 선 존재의 책무를 인식하려는 실존적 성찰을 암시한다.

전병석의 『구두를 벗다』를 읽는 재미에는 익살과 유머도 한몫을 한다. "화장실에서 / 밀어내기 중이다 / 과장님이 전화를 했다 / 망설이다 받는다 / "어디 있어요" / "앞 사무실에 있습니다" / "잠깐 오실래요" / 밀어내기는 절정이라 / 중단할 수 없고 / 뱉은 말이라 / 당장 가지 않을 수도 없다"(「밀어내기 중」)와 같이 그는 급박하고 난감한 상황을 흥미롭게 연출한다. 생리적 욕구를 해결해야 할 다급한 순간에, 애써 태연한 척 전화를 받는 모습처럼 모순된 상황을 독특하게 형상화하는 것을 통해 위트가 삶의 활력임을 엿볼 수 있다. "육십을 기다리는 내 앞에 / 청춘의 남녀가 키스를 한다 / 마음으로는 피하는데 / 눈길이 자꾸 간다 / 내 자식도 이럴까 생각하다 / 참 부럽다 이리도 생각한다"(「버스를 기다리다」) 또한 하나의 상황에 대한 이중 심리와 태도를 기술함으로써 즐거운 상상에 독자가 참여하도록 견인한다.

전병석의 유머는 억지웃음을 만들지 않아 즐겁고, 세대를 초월하기에 보편적이다. 유머는 여유에서 나온다. 팍팍하고 꽉 쪼이는 삶이지만 그 어딘가에 존재하는 틈을 찾고, 그리고 그 틈을 즐겁게 사유하려는 태도가 웃음을 만든다.

관조, 달관, 깨달음, 혜안 이러한 거창한 말을 빌리지 않지만, 오래 발효된 음식처럼 그의 언어 안에는 성찰과 명상이 가득하다. 어머니와 아내, 친구와 이웃, 꽃과 새, 바람과 하늘은 인생의 교과서며 자신의 내면을 비추는 거울이다. 시인은 인간과 자연, 신이 알려 준 삶의 계시를 온몸과 마음으로 풀어낸다. 자기애와 이기주의가 극단으로 치닫는 시대에 시인은 가족과 공동체, 타인과 사회, 자연과 신의 목소리를 경청한다. 아, 이 낙낙하고 헐거운 사랑이 어찌 과거의 유물일까. 그것은 여전히 다음을 생각하고, 내일을 준비하는 고운 마음일 것이다.

"눈 밝은 참새"(「풍경 소실」)가 되어 "흔들흔들 바람에 실려"(「무이구곡」) "더 깊게 쩡쩡"(「금」) 마음을 울리는 전병석의 시를 읽다 보면, 어느새 단단한 껍질을 깨고 한 걸음 성숙한 자신을 발견할지도 모른다.

인생이라면

바다로 가고 싶다

강물을 키우는

바다 같은 사람에게로

흘러들고 싶다

독자들이여! 우리도 시인을 따라 자유롭게 "수염고래의 등을 타고" "강물을 키우는" "바다 같은 사람"을 닮아 가고 싶지 않은가. 그 행복한 물결을 따라 아름다운 존재의 바다에 이르고 싶지 않은가.